歌集　風へのオマージュ　目次

歌集

風へのオマージュ

旅鳥

葡萄木々互ひに囁き雑音を拒み育ちぬ美酒となるため

銘酒生む土壌を踏めば胎内の母なる海をさまよふ如し

ブルボン朝始祖に因むワインなり身の引き締まる酸味たち来る

ピレネーを背に傾斜もつ里にひそと産まれしジュランソンセック

導きの道に聖母子像描かれてひざまづく人十字切る人

ルルドの聖水汲まむ今後の生きる身の危ふさに立つ一人《いちにん》として

覗いても見えぬ心の深き井戸互ひにもちて聖堂に入る

ピレネーの雪山仰ぎ行く列車大河は色濃き水を湛へる

塩田と牡蠣養殖場併はせ持つ海の恵みのここオレロン島

くり返す怒りの牙と潮騒に押されて心は大西洋に向く

厖大なる干潟に無数の鳥遊び充ちてくる刻知るや無心に

人界の業は浜辺に留め置き白波の牙を凛として受く

手際よく牡蠣を取り出すその手より海の香りはミルク色にたつ

海だけを見る地の人の言葉なり対話はここでするのですよと

フランスの最西端の際に佇つさながら旅鳥われら小さし

シエラネバダの雪水

スペインの香り高きサフランを商ふ店は海沿ひにあり

ピカソ生れしマラガは海と太陽の街なり口笛吹きつつ散策

大皿に山盛る魚貝の運ばれて潮の香りの染みつく食堂

美術館《ミユゼ》ピカソに入ればマラガの潮の香も遮断されて無音の空間

アルハンブラ宮殿内の噴水池のら猫群れてうまき水飲む

宮殿より吹き下ろす雨街中を駆抜け春を奪ひてゆけり

シエラネバダの雪水で割る地の酒を安酒場にて楽しむ一夜

蜂の巣の如き迷路のひしめける急坂のぼるフラメンコ求め

空疎めく言葉

空疎めく言葉はポロリ花ヒラリ望月の夜の心昂ぶる

留守宅に盛りし蕗の茎太る青さにむせる日本の香り

西行の歌の如くに死にたしと望みし義母《はは》の今日三十七回忌

爛漫の春とは名ばかり凍えつつ盛らぬ花の下道を行く

脚力の衰ふスキーただ重き鎖の如き板に手操られ

湯治場の窓に突然通り雨娘はやせし肩深く沈めり

杢太郎の歌碑に散りくる薄桜海へ注げる川にもしきり

今頃は桐の花咲くパリマラソン偲びて心は馳け出していく

水底の青さ湛へる一匹を釣らむと男は渓流に入る

谷川に釣糸放つ男らの非日常の孤なる聖域

突然の衝撃人は背後より襲ひくるもの闇にて知りぬ

土下座する男の心根、される側の狼狽はあり警察署にて

吊られゐしままの不安に耐へながらかすかに揺るる公園ブランコ

病室にて命を測る言葉きく窓辺の若葉に沁みて涙す

はらわたはどこ?·碗中の白魚の美その装ひにたぢろぐわれら

喫煙者になり果てパリからもどりしが紫煙の行方眼で追ふ夫

鴇色のブラウス

弓弦の如く心は張りつめて切れるか弛むか限界にあり

戯れにわが織る布はガーゼよりも薄く危ふき一枚となり

苦しみの重き心を導きて救はむとするバッハの曲は

匂やかな色の魔術師マネのもつ抵抗姿勢は作品に充つ

閉塞的心さみしくもがけども視野は常に断崖の際

併走の末胸一つ出す友に敗れしグランド山間にあり

上澄みのスープの如き言葉きく滾る心を抑へていけるか

手の甲の紫の腫れ老いてなほ生きる手段をつきつけられて

可憐さと凡そ無縁な花乱れ熱風赤く吹き貫《ぬ》ける午後

書斎めく君の病室ブックエンドの際にバッハのＣＤ数枚

吊されし衣類海の風に揺れ鴇色のブラウス探す湘南

病名を宣告されし夫の操る車は浅間のやさしきふもとへ

正念場試される局面深呼吸一つしてからわが顔作る

障害者老いてその母更に老ゆ無言の傷跡古き柱に

遠花火

遠花火のみ聞く夜のわが夏は否定的《ネガティブ》要素に水路を断たれ

かなしみの迷路を曲がりその奥に閉鎖病棟ひそやかに立つ

通り雨知らず病む人上向きの姿勢強ひられベッドに沈む

鍵の束いくつも持ちて導くは茶髪にピアスの若き青年

あの人もこの人も持つ鍵の束自由を奪ひて治療はすすむ？

人間の尊厳などは議論外生きねばならぬ病者横たふ

備付けトイレに座る日の来るや不用の器具の不気味な存在

病棟を出づれば炎《も》ゆる太陽がわれを射しくる自由な光よ

入院と退院交互に知らされて老ゆれば弾まぬ季節の変はり目

もろき首痛くなるまで傾けて海へと放つ花火と戯る

デモ行進青春の日とだぶらせて何も摑めず　掌《てのひら》乾く

失速を隠さむために着る衣類綿密に撰ぶアダルト階にて

マーラーを重く聴きとめ勢ひの衰へぬ夏をひきずりながら

大腸への洗滌剤を飲みながら一掃といふ爽快にひたる

関りを避けるスタンス〝他人事〟と片づけ稀薄なわれの日常

桐一葉なかなか散らず薄き月高くのぼりぬ秋まだ遠し

夏枯れのパティオ

夏枯れのパティオに小さき風鈴がしきりに鳴りて命を鼓舞す

重き足ひきずり低きに流れゆく水の如くに君見舞ふ日々

実の裂けるかなしき柘榴を育てゐし君のパティオに椅子一つあり

旅立ちの衣装の作務衣《さむえ》闘病の苦しさの末藍色うすれ

マーラーの曲に送られ旅立たむ君の柩は秋空に舞ふ

悲しみの灯をいれむとてマーラーの響かふ音を更に深くす

炎《ひ》の中を出てより流るる速さにて壺におさまり命完遂

一椀を食す父の清貧を忘られぬ娘は酔ふを常とす

不在者となる日の予感食堂に展けし穹をよぎる鳥影

空中を占めて架かれる歩道橋飛べざる者は求めて登る

整列を乱さず去りゆく渡り鳥海峡今宵はやさしからむよ

石の面秋日を寄せてあたたまり座するも触るるもわが意のままに

寸鉄もまとはぬ身なら鳥のごと簡素に生きて空舞ふものを

隣組にて共に使ひゐし井戸の辺は地底に澄みし水音きこゆ

栄一と同じ咳する人の片辺座していっとき立ち去り難し

白玉椿

象色に浅間は暮れて明日からは雪冠ること覚悟の静寂

身寄りなき遊女の墓は力なく倒るるもあり崩るるもあり

堀辰雄名付けし歯痛《はいた》地蔵さん遊女の墓を背にして在《いま》す

念願の白玉椿咲きました伝ふる鳥はしきり首ふる

白玉の椿は風に呼応して寂しき庭を盛りたてむとす

はぐれ鳥今日も来てをり生れ家《や》を失くせしわれらを拠りどころにして

会果てて乗りこむ車窓のサンセット没する前の命の耀き

サンセットと会ひし翌日陽《ひ》の色のポインセチアの大鉢求む

藪柑子盛る寺の一隅は終の栖にふさはしき場所

グルナックとわれ呼びてみし彫り深き君の遺影に額づく御堂

境内は寒風しきり吹き荒れて壺の中にて君も聞くらむ

プルースト講ずる君のフランス語素朴な寺に訝してをり

擂り鉢状地形にひっそり建つ寺に祀られ君はパリに帰らず

異郷にて命をたたむ壮絶さ成し遂げ桔梗に囲まれてをり

雨粒が涙の如く落ちてくる喪の帰り道傘もささずに

キリストの母

失敗は何故ですかと問ふ　いぢりすぎいたはりすぎと花屋の若者

キリストの母は丸顔いや面長よと夫と諍ふデッサン展にて

金の胡麻菜にふりかけてこの手より種蒔かぬ日の長く続けり

一切《ひときれ》のパンとワインの清貧や伝説メニューのわれら圏外

地に近く咲きそろふ梅首都圏に遅き初雪呼びこみながら

昂まりのわれを写せどひんやりと鎮まりかへる夜の姿見

鋭さの極みに光る夜の鏡あらはになるを恐れてをりぬ

両の手で挟むブランディグラス置く熱い月の恋しき季節

東洋の天使も売られモンマルトル坂下の店に人が犇く

立ちつくす裸木雪を去らしめる力のありて男の美学

この冬の寒さに耐へて美しきリンゴ実らす木々の漲り

滔々とあふるる山の湯障りある過去は沈めて月のみ浮かす

巣の中の雛のをののき、不安など忘れて老ゆる歳月の果て

帰宅難民

にげてにげてと拳をつくりわれ叫ぶ驚異の水はテレビ押しのけ

夕餉の刻いまだ持てざる被災地の報道みつつわがスープ冷ゆ

寄り合ひて寒さを嘆く人の上に雪よ温《ぬく》き羽根となれぬか

地の底に落下してゆく不安なりわが列島は危ふき旅船

鏡にも譬へられし光る海亡国への牙剝き襲ふとは

わが国の忘れがたき春となるみちのくの桜つよく咲き出よ

沈みつつ歩めば銀座の花あかり国難の地に命を咲かす

岐路に立つ国の行く手に天からの花粉、風評、放射能ふる

帰宅難民となりし日より一杯の水の甘さをかみしめてをり

食卓のうつむく椿思ひつつ距離縮まらぬ帰路を歩めり

ルルドにて求めし捨て身のマリア様地震《なゐ》にも耐へてか細く立ちをり

寄り合ひてみな倒れしよ天使たち讃美歌唄ふ口あけながら

役立たぬ身になり果てる畏れもち春遠き日に鎮魂歌《レクイエム》聴く

支へきれぬものある如く首痛む青葉に潤む空さへ重く

携ふもの全て捨てさり揺るる島傾く舟にいざ櫂を漕ぐ

春たばこ吹かす男の放心の立像煙の中に確かむ

一枚の毛布に勝るものありや震災の夜の縮みゆく身に

身軽くて難受け易き貝類は頑なまでに口を開かず

まんまるの梅干し入りの焼酎を欠落がちの心に注ぐ

割りほぐす卵の黄味がたちまちに生臭くなる朝のキッチン

抜栓をされたきワインの叫びきく期限《リミット》切れは避けねばならぬ

近づけば容易く暴露したきことあらう距離を持つのがわれのスタンス

後味《コダリー》

真昼間の闇を選び開花するクレマチスの白近寄り難し

下町の露路のどこかで鳴る風鈴求めて右へ左へ迷ふ

わが孫の福島未弓《みゆ》が園児らのいぢめに合ふとは大人と変らず

いぢめられ小さな胸で泣く孫は苗字変へたい苗字変へたい

足下《もと》は沈みゆく沼踏み張れど所詮はかなしき庶民の抵抗

わが庭は木々を吹きぬく風さへも立たざる盛夏庭師は逝きぬ

急坂の途中に会ふ人ふとわれの心の闇をのぞきていきしや

二人でも心淋しい食卓に鬼灯《ほほづき》朱くふくらむを待つ

憂鬱を追ひ払へと命名のワイン飲み干し浮き立つわが身か

ビロードの色と味なり後味《コダリー》が勝負のワイン口中に含む

汲むべきは何かを違へまぼろしの井戸の真水は封印せしまま

身寄りなき遊女たちの墓石群互ひの重みで崩れたる山

夏落葉しきりに散る中追分の蟬は息もつかずに鳴きつづくのみ

雷鳴の轟く夕べ窓辺にて君との距離の埋まらぬ焦燥

プルトップ闇を貫く金属音引きぬきながら決意促す

炊きあぐる収穫米の安全を祈りて初秋の日傘をかざす

鰭酒

適切な降雨を受けて実りゐるプルーン地上の不足補ふ

修羅の野か風に狂へる猫じゃらし巻きこまれまいと立錐に佇《た》つ

水に添ふ花に触れたり侵してはならぬわが手はひっこみつかず

山の上の小さき湖に閉ざされて魚棲むときく透明にして

飛石の続く蔭道待つ人のゐる錯覚に足を早める

樹間より見ゆる半月姥捨に近き山にてしみじみ浴びぬ

まどろみの沼ありそこまで浮遊してたどりつく夢眠れぬ果ての

鏡面の裏にひそむ虚像あり突きとめられず苛立ちつづく

良い汗を首に光らせ勝因を語る選手の息づかい聴く

痰切りの妙薬へちまの水貯める一升瓶に子規を偲べり

今日深く椅子に座らむ背骨を病みし子規の庵より戻りて

歴史的地層のなごり含ませて地球の彼方に産まれし岩塩

人々の眠りゐる夜をさまよひて結氷成りし身は凛とする

逝く君にたった一本細き花無力なわれの後れし祈り

約束の鰭酒飲めず君は逝く冷えし魂にていづこ彷徨ふ

隠れ湯と聞きつけ細き道辿る利便にまみれし身を潜めむと

湯面《おもて》は落葉に埋まれ隠れ宿湯浸しとなりわが身は弛む

水を汲む手桶からから響かひて井戸辺は寒く孤独の空間

零《こぼ》れ落ちし涙もあるぞ井戸の底嘆き悩みのふきだまる場所

脈々と地にわく水を汲みあげし手桶の中に半月歪む

北風のころがす紅葉に従ひて岩かむ水の鋭さ追ひぬ

人を呼ぶ声は消されて川音の轟くところ天の声する

植ゑ替へし土気《つち》に入らず千両の実の細りゆく秋雨の中

座標軸

河原町五條の大樹夜々鳥を抱くため己れの枝を太らす

沿ひゆくか逆らひゆくか会ふ人らみな譲りあふ哲学の道

座標軸ぐらぐらゆれて上ル　下ル　東入ル　はて京都にさまよふ

祇園よりほろ酔ひ歩き高瀬川添ひくる月とのはるかなる距離

貴船川音たて流るる歳月もかつての君は釣竿垂れし

石段を登りつめれば暖かき冬の雨降る貴船の処々に

金平糖和菓子の雪かさらさらと商ふ店は鞠小路通り

勾配のきつき道ゆき冬ぼたん咲かせる垣根に安らぎながら

往く年を聖なる川として渡る終電の中われの禊ぎぞ

封印を余儀なくされし川の音聞ける筈なしお江戸日本橋

サクラマス子を産むために逆る滝登らむと己が身こはす

手に一果枝よりもぎてのせてみる柚子はひんやり冬衣をまとふ

庭師逝き松も枯死せし狭庭には天の空間ぽっかり生ず

沈黙は海の如く澄みわたり破る勇気もつ人ゐるや

はまる川流れてくるかも知れないと寒空の下橋々渡る

海猫《ゴメ》

尖る芽の先は天指し春を待つ雪はやさしき自然である筈

雪闇は孤独と無音を演出し後退するは最良の選択《チョイス》

書棚奥「北越雪譜」蔵ひこむ豪雪の日々に読みたき一冊

露天風呂めざし降りこむ雪避けてわが身ふかく沈めてばかり

氷点下六度の露天風呂に座す月と雪と老ひたるわれと

震災の前日逝きし孤女の墓雪が氷となりて濡れゐる

頬伝ふ涙冷たし君眠る凍土は遅き春待つばかり

海猫の飛来はまだか蕪島の津波の牙をしのぶ惨状

生彩を失ひし海に戯れる海猫《ゴメ》はかつての漁場恋しと
運河へと雪のかたまり流れゆく留まれぬ身の旅人われも
狭量な心に振りこむ雪恐し小樽の道をさまよひながら

湾沿ひを汽笛鳴らしてゆく列車語らぬ人ら目指すは小樽

海猫《ゴメ》が鳴き銀白色の海いづこ石狩挽歌を口ずさむ夫

しなやかな筋力みせて舞ふ鳥の石狩湾の幻想暮色

寒々と立つ小樽駅舎の古時計氷りゆくべき午後五時を打つ

そい、みぞ貝、真つぶと食べて寿司店亭主のいちおし鯐の刺身に及ぶ

覗き窓

苦しかりし一年過ぎて咲き出づる桜よわれと一夜華やげ

夜桜に誘はれ川の土手のぼる新たな展開あるやも知れず

とり戻せぬ一生か桜の下に来て手拍子を打つ輪になだれ込む

とぼとぼと屈みてゆけば群青の空に輝く花見失ひ

闇夜にて我が家の桜一本を確かむ互ひに老いて言《こと》無し

身凍へし小樽海峡北上す桜は人を温めてゆくか

わが肩は桜吹雪ぞ軽くすぐ消えさるものへ切なき願望

江戸文化薫る佃島に行き葵紋もつ氷魚《ひうを》食みたし

初鳴きのうぐひす寄りくる樹下に佇ちされど学ぶと粋がる老婆

差しかけるやさしき傘を折りたたみ君迎へむと畔道を行く

一人居の庭に蕗は夜々太り占められ続け追はるる家主

覗き窓わが家にあれば眠られぬ夜を　邪《よこしま》な心さまよふ

空からの囀りききて卓上のスナックエンドウ緑濃くする

乱打する心臓押へなだらかな坂を登りて道を失ふ

とき色の羽根を広げて未知の世に飛び立つ準備か樹の上の雛

柩には茶筅の一個を立たしめて師匠は逝けり無念の春に

前進かはた後退かがんじがらめ傘上の雨しきりに責めくる

岩つばめ

下降する思考は巨大地下道に続けり細雨も避けられる場所

花咲かす木の温かさかつて子を産みし母性が昂まりてゆく

幸せと言へぬ亡母の帯たたむ苦の汗にじむかなしき川帯

束の間の己れを開放せし時がありしや母は苦をみな背負ふ

鋭角に飛び交ふ身軽な岩つばめ山の湯宿の窓辺にしきり

美ヶ原の山頂塩舐む放牧の牛のどやかに初夏を遊べり

姨捨とあまりにリアルな駅名を特急列車は無視して過ぎぬ

名月の美しき地と言い継がれし姨捨山に登りてみむか

死は生との訣別ならず「死者の書」の前にて心自在となりぬ

死者の門叩けばやさしきパイオニア掟を告げて次界に招く

倒産の友の会社の負債額四億円なりと簡単メールで

清滝の下る山間よどみ持つ内臓のまま不快に佇む

身が重く舞ひあがらねばとロートレック顔写真付きボトルの栓抜く

警報が鳴りて飛び込む防空壕まだ幼くてままごと遊び

防空壕仲間と集ふ級会あの時の傷は？失くせし頭巾は？

オレンジとオリーブ豊かなマヨルカに旅立つと定め夢地図拡がる

夏蟬

海底にかつてはありしキリマンジャロ頂点究め世を見下ろせり

地球儀を廻せば旅は始まりぬ明け易き夏の朝の机上に

遠雷のしきりする夕あなたとの距離を深めて窓を閉め切る

追分の遊び小路に夏らしき青を固持して小花ひしめく

静止する木々の無言に騒ぎ立つ鼓動は生きぬく力と思ふ

短命の花なるユフスゲ一輪は夕闇の中淡黄に咲く

白桃色の花はありしや急逝の友への弔花探し歩きぬ

身を破り夏蟬は鳴く短命の謳歌に押され俯くわれら

うなぎ屋に集ひし今日は厄日なり炭火は燃えて匂ひたちくる

胸に火をまだ灯せるか赤きポスト時空を超へてぽつねんとあり

賜りし夏の螺《さざえ》の頑なさ無謀なわれに沈黙通す

孫連れて釣り出の夫は川床に滑りて何度も助けられしと

堀辰雄の散策の道アカマンマ・紫つゆ草控へ目に咲く

耳遠き夫との会話、主語述語解ればいいか形容詞なくとも

旅立たむ心の翼羽ばたきてさあバレンシアからマヨルカ島へ

雨だれ

雨音が粋を究め落ちし処、孤塁に一人の作曲家をり

洋上の孤島はパリからあまりにも離れて虚ろな堂にこもれり

音階の連なりとして雨粒は尖塔くだるショパンへくだる

神の声雨の音と交錯し鍵盤叩く病的な指

鐘楼の瑠璃《ラピス》の壁の鮮やかさ浮遊しながら回廊すすむ

雨だれの旋律胸にうならせて修道院に一歩踏みこむ

ベランダに撓な石榴いままさに身を裂くために傷つきながら

霧のごと生れし曲は流れゆく現代までの長き回廊

坂道のカフェにて地元の紅茶《ティー》を飲む彼歩みしかこの石畳

鳴り出さむとするや簡素なピアノ一台アマンドの実の揺るる丘の上

もらい水

水場なき墓所は天からもらひ水険しき坂の窪地にありし

ねえやの背に負はれし夫も傘寿なり詣でし墓の坂は険しき

ひそやかに身を寄せ合ひて眠る場所せめて一枝の椿咲かぬか

日本でも名だたる豪雪地帯なり墓石埋まれば白き空間

勾配の険しき坂は道端に車残して前のめり行く

ねえやの背やせて薄く寒かりしと夫は額づき涙流せり

木枯しの後くる雪に埋もれればたまさかの星の光も届かず

名物のへギそば旨し墓参後のわれらが憩ふ崖上の茶屋

無用な客

語る人　聴く人震へし海風にかの日の寒さ思ひて縮む

ガラス片無惨に落ちし周辺の声なき魂に頭を垂れながら

片方の靴残されし祭壇に後れて訪ねし悼みの心もて

高ければ津波の害から逃れむと子ら登りし坂なんと険しき

廃駅となりてしまふか一輪の花さへ咲かぬ瓦礫の土壌

海恐くされど山もまた淋し仮設住宅街中に建つ

切れぎれの線路興らぬ経済の寒風うけて錆びてゆくのみ

しぐれ空小さき礫吹きすさぶ無用な客のわれをめがけて

根幹の傷跡ふかし災害の木と称されしお濠の銀杏

この銀杏色づき終れば冬となるマラソンランナー手に触れ走る

浅間山をガラス戸越しに臨む茶店無言を定《き》めて珈琲すする

君の好きな三岳焼酎買ったよと夫のメールにときめきながら

夜の軋む音するかつての野心など持ちしことある日を懐しむ

枝々は整へられて来秋の美酒を生むべき小諸ワイナリー

何といふ葡萄畑の静まりかこの休息に肥へゆく土壌

焼酎にまんまる梅干し浸しつつお湯割りとする冬が来ました

垂れ幕の向かふは霧がたちこむるペガサスよこの苦界より連れ出せ

囚はれの小鳥

囚はれの小鳥の如く苦しみて飛び発たむとすベッドの柵越え
つながれし医療の器具を投げ捨てて自由の鳥となりたし君は

一輪を挿せば君は生者たるわれとの距離をいよいよ遠くす

滔々と君に流れし時間とめ冥界に運ぶ舟に乗る刻

寒椿色を極めて咲き出す日不帰の人と君はなるのか

今君はこの世の際《きは》にさしかかり天使にあらざるわが手握れり

深重な門扉の奥へ招く人迷へる君の背を押し出《いだ》す

縦縞の並ぶ気象図列島は氷りて冷えしまま君は逝くのか

老の日々行きつ戻りつ春宵のステーキハウスを訪ねてみよう

寄り添ふは信頼なるか　掌《てのひら》の中味失ふもどかしさなり

老ふ闇を抱へあの人この人も夜の新宿のライトに紛る

グレコ展見終へて穴子酒飲みて老身は銀座の華やぐ一夕

キリストに乳房含ます母マリア高鳴る胸元ふかく描きぬ

誇らかな胸なるマリア生温き乳さへ匂ひぬグレコ展にて

夢の中にてまた夢をみし春畑わが播く種は弧を描きをり

白面の雛とわれとの宵まつり娘らは嫁ぎて歳月刻む

怪鳥

周辺の静まる刻を突き貫《ぬ》けて怪鳥といふべき戦闘機とぶ

怪鳥の行く手を阻む手だてなく冬の心にささる轟音

卓上の一個のパンさへ匂ひたつこの安穏を侵す怪音

孤老にて犬つれ歩く寒き道に倒れしが鎖を握りしままと

熱もてる乳房に小さな癌《しこり》ありと君告げてきしくぐもり声にて

雪面に刀の形の傷を見し耐へゆく自然は黙してゐるのみ

戦場から帰国せしごと身も心も裂かれていくつも柩は並ぶ

今昇りし冬の朝陽を横切りて飛行機は着く遺体をのせて

生れ出る命あるやも鶏卵は完璧な美を保つ手の中

割れ易き不安があれば掌は守ることしかなきか鶏卵一個

突きあぐる痛みはどこから紙の如き薄き月出で真下に佇む

一体のミイラの語る不可思議さ入れ墨《タトゥー》複数施されをり

花の闇続く小径は避けられぬ行列となり方向失ふ

桜色《ロゼ》ワイン飲みて花を知るほどに今宵心は白く舞ひいく

新蕗を孫と穫《と》るなり春の来しわが狭庭にも命勢ふ

ダルビッシュ完全試合逃しし夜東京桜は無惨に終る

名も知らぬ匠《たくみ》が彫りしか一仏はさびれし村の入り口に在り

過疎すすむ村を守るか仏眼は歳月越えて情念もやす

傾きし墓石に今年の雪のこる一条すらの陽も届かねば

クライマーなら登るだらう石工なら彫るだらうこの広き岩山

孫と覗くガラスケースのケーキ群マッチ擦る音蘇りくる

群鳥に惑はされずに山路行く身も足もまだそれなり軽く

遺されて生きるか遺して死にゆくか相寄る老後の大きな課題

お江戸日本橋来るたび地下に埋められし川の苦しき水音をきく

サンチャゴ・デ・コンポステラ

東洋の心根もちて来ましたとスペイン西北大聖堂前

西班《スペイン》の最果てサンチャゴ・デ・コンポステラ心労故か勇まぬ足どり

聖ヤコブの遺骸埋葬されし堂、　陽が落ちてのち聖なる闇が
信者らの感涙うけし石段の滑らかさといひ温かさといひ
労せずに来しわれ許し香炉たきミサ始まると告げし聖人

ダイエットのため選ぶとふ巡礼路様変はる世に聖塔ゆるがず

とりもどすこと能はざる人生の終りの旅の晩鐘をきく

ミレーならどう描くかな鳴りわたる聖鐘浴びて項《うなじ》を垂るる

聖堂の裏手の低き居酒屋にうつむき夫と熱葡萄酒《バンショウ》を飲む

何を閉ぢ何守るのか錆びゆける姉の鍵束熱もちてをり

ナポレオン生誕の地が出発点ツール・ド・フランス炎の疾走

梅の香の少ないことを老木とわれとがある日問答してをり

あまりにも強《したた》かなれば憎まれし初産の鴉控へめな筈を

庭めぐる手にする鋏切れ味が悪く草花おののき縮む

被葬者となれば風も陽だまりも届かぬ世界苦しいだらう

おひとりさまなれば最後の戸締りを完璧にして入り口失ふ

落ち蟬

垂涎の出るほど高く物件は売れましたよと病床を訪ふ

ひたすらに眠るのみなら財なせる重みも知らず軽やかな蝶

けむる如き思春期もたぬ項には恥ぢらひの汗光らせて伏す

魂魄はどこさまよふか焦点の定まらぬ眼が人影を追ふ

悲傷なるもの秘めて伏す胸元は痛々しきほど陰もつ窪み

落ち蟬や落花はしきり炎《も》ゆる夏細き命の継ぐこと難し

安らかな眠りをなどと欺瞞的言葉は吐けぬ夏越えゆけるか

変へられぬ体位苦しく宙を這ふ大き眼《まなこ》が生きゐる証

サインして押印書類流出し悪人たちは密所に群がる

病臥する弱者に容赦せぬ仕打ち詐欺グループの分厚きファイル

力及ばぬ世界あること知らされて負け犬のごと上向かぬ顔

わが膝は闇をさまよふ心抱きこの形にて秋を迎へぬ

真実の種まき発芽する行程知らねば詐欺は焦りて奪ふ

力なき善人もれなく勝利するパターンは昼のドラマの世界

法律の全書の並ぶ一室に待たされ続け書物に触れず

涅槃

旅立ちの前の禊か己が身をシャワーに打たせそのまま果つと

今生の穢れ拭ふ儀式して君果てし後もシャワー止まらず

秋の蝶ひらひらときて魂を導きいくや苦界を脱けて

かき抱くこと能はざり刻々と君は霧の幽界の人

その枢死者とわれらを厳然と拒み掟の如く置かれぬ

一瞬の死を完ふの勇者、君、置き去りにされ蹌踉《よろよろ》ともどりぬ

堅牢な柩の中に届けむと別れの曲のボリュームあげて

美しきさくら貝となり果てぬ炎より出でし君の化身は

涅槃にて君聴きゐるや約束せし古寺にてのコダーイの曲を

あとがき

第二歌集「水脈がくれ」を出版したのは、二〇〇四年のこと。実に十四年もの長き歳月、怠け放題の私に、夫は歌誌が散逸してしまうよと呆れ顔、ようやく重い腰をあげた次第である。

「飛聲」主幹西村尚氏が病没、会は解散、気持の上で後退したことは否めない。その後森山晴美氏の「新暦」に参加、現在に至っている。

この歌稿を読み返してみると、ずいぶんと力んで作歌していると思う。しかし、紛れなく私の作品ゆえ、己れの軌跡を捨て去るわけにもいかずここにまとめることにした。

歌集名の「颪へのオマージュ」だが、二〇一四年、家族と小豆島を旅した折、不思議な体験をしたことに由来する。

「咳をしても一人」の名句を生み出した天才俳人、尾崎放哉記念館に足を運んだ時のこと。西光寺に葬られている氏を墓参してから、口々に己れの俳句などを披露しつつ帰路についた。海側に出ようと曲がりくねった細い迷路を辿っていると、後方から吹き抜けてくる一陣の風に出会った。風は道を失わないよう必死に進む。決して道に逆らわず、生きもののように柔軟で、しかし、あきらめない。私は身近に風の命を感じ、風の姿を捉えた。しばらく私は迷路に立ちつくした。祈りと敬虔さに包まれたまま！

かく拙い歌集ですが、皆様にお届け出来る幸せを感じております。

出版にあたり、南窓社社長の岸村正路様、編集部の皆様、とりわけ松本訓子様にはひとかたならぬお世話になりました。御礼申し上げます。

二〇一八年盛夏、追分山荘にて

須藤御恵子

須藤御恵子（すどう　みえこ）

1958年　「大学短歌会」入会。
　　　　「古今」入会。
　　　　福田栄一、福田たの子の指導を受ける。
1988年　第一歌集「海の時間」上梓。
　　　　「古今」退会。
　　　　「飛聲」創刊号から参加、西村尚氏病没のため解散。
2004年　歌集「水脈がくれ」上梓。
2015年　森山晴美氏主宰の「新暦」参加、現在に至る。

二〇一八年九月二五日　印刷
二〇一八年九月三〇日　発行

歌集　風へのオマージュ

著　者　須藤御恵子
発行者　岸村正路
発行所　株式会社南窓社
東京都千代田区西神田二丁目四番六号
電　話　〇三―三二六一―七六一七
印刷／日新印刷　製本／誠製本
E-mail nanso@nn.iij4u.or.jp

ISBN978-4-8165-0445-7

須藤御恵子歌集

水脈がくれ

「飛聲」創刊期より2000年にいたる作品を収録

四六判◇166頁◇本体2381円＋税